그마우리요
이픙

율이는 오늘도

율이는 오늘도

글 · 그림 어게인유리

히읏

목차

01

율이 엄마는 오늘도

02

마법사가 되는 방법

03

너의 모든 순간

— 일러두기 —

저자 고유의 글맛을 살리기 위해
표기와 맞춤법은 저자의 스타일을 따릅니다.

1장

율이 엄마는 오늘도

어느 날, 문득 정신을 차려보니

이제 막 돌을 지난 율이가
내 앞에서 놀고 있었다.

파란색~

어설프고 서툴렀던 신생아 시기를 지나,

HAPPY BIRTHDAY

어느새 1년이 흘러
첫 생일 파티도 하고,

아장 아장

조금씩 스스로
걷기 시작할 때쯤.

휴대폰 갤러리 속엔 온통
아이의 사진과 영상이 가득했지만-

귀여워..

힘들게 재워놓고서 낮에 찍어 둔 사진과 영상을
무한반복 하게되는 미스테리한 현상.

부족해

진짜 귀여웠는데   찍을 타이밍을 놓쳐서
기록하지 못한   순간들이 하가득 하다고!
어째서 내 손은   두 개뿐인가?!
왜 아가들은 카메라만 들면 귀여운 행동을 멈추는가?!

이렇게 된 이상, 그래서 기록한다!

이 귀여움을
온 세상에 알리리!

※ 엄마가 만화가면 일어나는 일

이 만화는, 엄마가 평생 기억하고 싶은
율이의 귀엽고 소중한 순간의 기록

와앙~!

까르륵~

　율이 출산 후 1년은, 내가 그동안 살면서 느꼈던 다양한 감정들을 아주 빠르고 큰 진폭으로 느끼는 시기였다. 한 사람의 감정이 이렇게까지 큰 폭으로 긍정적인 방향과 부정적인 방향으로 동시에 움직이는 게 가능한가? 싶을 정도였다. 모든 것이 처음이라서 어쩔 수 없이 겪어야 하는 시행착오들과 체력적인 피로 사이를 파고드는 어마어마한 행복감이 나의 혼을 쏙 빼놓았다.

　신생아를 돌보는 것이 힘들다는 것 정도는 임신을 준비하면서부터 주변을 듣고 보며 익히 알고 있었다. 당시에 내가 각오했던 '육아로 인한 힘듦'이란 수면시간이 줄어들고, 제대로 된 식사를 챙기기 어렵고, 인간관계가 좁아지고, 인생의 초점이 자신이 아닌 아이로 향하게 된다는 점 정도였다.

하지만 이게 웬걸. 현실 육아를 시작하며 대면한 '신생아'라는 존재는 생각보다 훨씬 더 작고 낯설었다. 사람이라기보다는 마치 아기 동물 같아서 '넌 누구니?', '어느 별에서 왔니?'라는 말이 저절로 나왔다. 가느다란 팔과 다리는 툭 건드리면 부러질 것만 같아서 어떻게 만져야 할지 난감했다.

이 무렵의 나는 아이가 평온히 잠을 자고 있을 때도 밤낮 새벽을 가리지 않고 습관처럼 아이의 얼굴에 내 얼굴을 가까이 붙이고 숨소리를 계속 확인하곤 했다. 그렇게 이 아이가 '살아있다'라는 걸 확인하고 난 후에야 비로소 안심이 되는 것이었다.

이 습관은 지금까지도 계속 이어지고 있다. 예전처럼 자주는 아니지만 지금도 종종 잠이 든 아이의 얼굴에 귀를 대고 숨소리를 확인하고, 숨을 들이쉬고 내쉴 때 움직이는 작은 가슴을 가만히 들여다보고 그 가슴에 가만히 기대서 쿵쿵 뛰는 심장 소리를 확인한다.

아이의 몸은 많이 자랐지만 내 눈에는 여전히 이 부서질 듯 작은 생명체가 살아 있다는 것이 믿을 수 없이 신비하고 너무나도 이상해서, 그리고 내가 이 생명을 책임져야 하는 부모라는 것이 두렵고 무서워서 계속 확인하고 안심하길 반복하는 것 같다. 한 생명을 낳아 키운다는 것은 단순히 내 잠과 시간을 포기하고 먹이고 씻기고 입히고 재우는 일이 전부가 아니었던 것이다. 시간이 지난 후 친구들에게 우스갯소리로 '산후 1년간은 강제로 수련 같은 걸 당하는 기분이야. 보통 수행자들이 어떤 깨달음을 얻기 위해서 인적 없는 곳으로 들어가 시간을 보내잖아? 육아도 방안에 갇힌 채로 수많은 감정 기복 속에서 어떻게든 중심을 잡는 훈련을 하는 것 같아'라며 이 시기를 표현하곤 했다.

그렇게 '아기'가 태어나서 걷고 말할 수 있는 '아이'가 되어가는 1년 동안 '나'라는 사람 안에도 '엄마'라는 존재가 아주 빠른 속도로 자라고 있었다.

영혼까지 끌어 모아 '사과머리'를
묶어주던 시기가 있었다.

← 요것이 사과머리

← 손목에 끼우는
치발기

태어나자마자 머리숱 부자라 꽤 일찍부터 묶어줬다.

그 앙증맞고 귀여운 분수

살랑　　　　살랑

지금은 새롭게 묶어주는
재미가 생겼지만,
이제 다시는 그 모습을
못 본다는 건 아쉽다.

양냥~

잠시 후, 놀이 시간

쓰담
쓰담

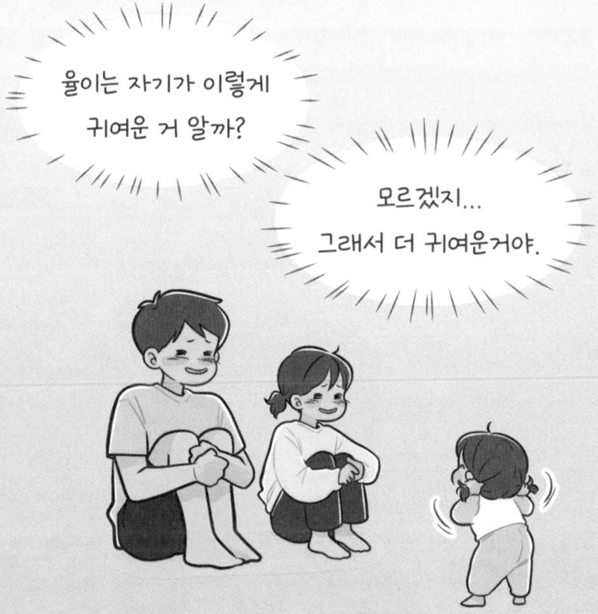
율이는 자기가 이렇게
귀여운 거 알까?
모르겠지...
그래서 더 귀여운거야.

봄비가 내린다.

창문을 열어 율이와 비 구경을 하고,

보여? 이게 '비'라는 거야.

낮잠 시간에 같이 뒹굴뒹굴하다가

율이가 내 배 위에서 잠이 들었다.

빗소리 좋다.
백색소음
asmr 같아.

토독
토독
토독
토독..

이렇게 누우면, 내 허벅지에 율이의 심장이
콩닥콩닥 뛰고 있는 것이 느껴진다.

어른보다 약간 빠르고
일정한 속도—

\\ 콩닥콩닥 //

문득, 이 심장소리를 처음 듣게 된 날이 떠올랐는데

쿵쾅쿵쾅

쿵쾅쿵쾅

심장소리 들리시죠?
아주 건강하게
잘 뛰고 있네요.

5년 난임 끝에 처음으로 임신 테스트기의
두 줄을 본 우리 부부의 반응은 이랬다.

진짜..
두 줄 맞나?

불량은..
아니겠지?

?

체외 수정(시험관)
과정중에 복수가 차서
배가 볼록해졌다.

심장소리를 듣고나니 그제야 밀려오는 안도감.

훌쩍

진짜
있구나..

난임병원에서 임신을 기뻐하는 모습이 누군가에겐
상처가 될수 있기때문에 화장실에서 숨죽여 울었다.

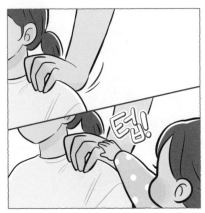

엄.마!
안.야!
우쒸!

야아~!
네 엄마이기도 하지만
아빠 여자거든?

얘 좀 봐..

꽈악

엄마의 은밀한 취미생활 중 하나.

율이 머리 냄새 맡기!

또 저러고 있네.

이해불가

반려동물의 쿰쿰한 냄새를
좋아하는 사람들이 이해가 된다.

율이가 신생아였을 땐
달콤 따끈한 군고구마 향이 났고,

조금 자라서는 구운 계란,

미세하지만 딸기를 먹으면 딸기향이,
블루베리를 먹으면 블루베리 향이 났다.

옥욕해야겠군...

그냥 정수리 냄새가 나는 날도 있습니다.

율이가 유난히
잠들기 어려워하는 밤에는,

어김없이 '잠의 요정'이 찾아옵니다.

어머, 여기도
잠 못 자는
아이가 있군요!

제가
도와드릴게요.

만능 잠가루~
얍~!

그럼 율이는 아침까지 깨지 않고
좋은 꿈을 꾸며 푹 잠이 들어요.

…라는, 매일 밤 상상하는 이야기.

100일, 200일, 300일, 긴 수련의 시간이 지나 아이의 첫돌을 축하하고 나니 육아에 조금 여유가 생겼다. 이제는 시간을 조금씩 떼어 나를 위한 무언가를 해보고 싶다는 생각이 들었다. 그래서 단 한 시간이라도 여유 시간이 생기면 무조건 밖으로 나갔다. 율이는 2020년생으로, 출산 당시에 코로나19가 세상을 휩쓸며 전 세계 모두가 힘든 시기를 보내던 시기였는데 어떤 면으로는 그 덕을 보았다. 하루 종일 집안에 갇혀 신생아 육아 중일 때 나 외에도 모두가 자유롭게 외출하지 못하는 상황이라 웃프게도 그것이 조금 위안이 되었던 것이다.

갑자기 코로나 이야기를 꺼낸 이유는 그로 인해 집과 가까운 곳에 좋은 시설을 갖춘 (사람 적음, 자유로운 콘센트 사용, 커피 제공, 조용함, 편안한 의자) '스터디카페'가 많이 생겨났다는 것이다. 시간이 조금이라도 생기면 그림 노트와 펜을 챙겨서 집 밖을 나와 스터디 카페로 향했다.

그렇게 1년 만에 자리에 앉아 스케치북을 펼쳤는데, 두 시간 동안 연필로 선을 그었다가 지우개로 지우기만 계속 반복하다가 결국 아무것도 그리지 못했다. 1년간 제대로 된 그림을 그릴 시간이 없었기 때문에 손이 많이 굳었던 것도 있지만, 도무지 뭘 그려야 할지 떠오르지 않아 어영부영 그 소중한 시간을 흘려보내 버린 것이다.

터덜터덜 집으로 돌아온 날. 밤에 율이를 재우고 그 옆에서 펑펑 울었다. 사랑하는 아이를 키우느라 몰두했던 시간 때문에 내가 사랑하는 그림을 예전처럼 그릴 수 없게 되었다는 것이 억울하고 분했다. 그렇게 며칠을 괴로워하다 '내가 지금 뭘 그리고 싶은지 모르겠으면, 지금 가장 사랑하는 것을 그려서 기록해 보자'라는 생각이 들었다. 그날 밤 또다시 잠든 율이 옆에서 아이패드에 그림 어플을 실행시켜 율이와 나의 모습을 그리기 시작했다.

그날 새벽 그렇게 썩 마음에는 들지 않는 한 장의 그림을 완성했고 [#엄마원래그림그리는사람이야]라는 해시태그를 달아 인스타그램 계정에 그림을 올렸다. 그것이 지금의 '율이는 오늘도'의 시작이었다.

내가 과장하며 먹는 척을 하면,
그 모습이 재미있는지 꺄르르 웃는다.

오늘도 결국 잊혀진 음쓰

오늘도 결국 잊혀진 세탁물

와르르 쏟아주면 율이가 깔깔 웃는다.

둥글게 접어주기를 가만히 기다렸다가,

꼬옥~ 따뜻~

귀여워~

쏙!

코로나 베이비

하지만
한 줄을 보고
기뻐하다니
묘한 기분..!

임신 테스트는 두 줄이 나와야 함.

엄마 뱃속에서부터 지금까지
쭉 코로나 시기를 살고 있는 율이는,

기저귀 가방

도도도

뒤적
뒤적

아기 마스크

악
ㅋㅋㅋㅋㅋ

흐잉... 마스크를 가지고 놀다니..!
귀여워! 귀여운데 안쓰러워!
안쓰러운데 귀여워!

찰칵
찰칵

아하하

기분이
묘해!!

이제는 체온계까지
스스로 척척 사용하고,

요즘은 훈수도 둔다.

청소만 하다가 끝난 자유 시간이었지만
정리된 집을 율이가 아주 좋아해 줬고,

'이런 행복도 있구나' 하고
생각했다.

이런 행복

아이가 태어나기 전에는 남편과 늘 같은 공간에

함께 있고, 함께 먹고, 사랑한다고 말하는 것이

사랑이고 행복이라고 생각했어요.

그런데 셋이 된 지금은 한 명이 밥을 찬찬히

다 먹을 수 있도록 한 명이 아이를 돌봐주는 것,

한 명이 마음껏 집 안을 정리할 동안 한 명이

아이와 밖에서 시간을 보내주는 것 또한

사랑이라고 느낍니다.

서로의 수고를 알아주고 고생했다

다독여주는 것만으로도 참 고맙고 든든합니다.

아이를 키우며 새로운 형태의 행복을 알게 된 것 같아요.

헉, 벌써
다 먹어가네.
서둘러야겠다!

오구오구오구오구~!!

사랑둥이야아~!

으구~

꼬-옥

사랑둥이

이맘때 아이들은 예상치 못한 곳에서 나타나

깜짝 놀라게 하는 것 같아요.

냉장고 문을 열고 뭔가 찾고 있는데

아래에서 불쑥 나타난다거나,

방금전까지 분명 소파에 있었는데

어느새 다리 밑에 와 있거나 하는 식으로요.

아이가 스스로 걷기 시작하면

놀라고 고맙고 기특하고 행복한 일들이 잔뜩 생긴답니다.

물론 그만큼 사고도 많이 치지만요.

13
여름아기

율이는 사계절 내내 언제나 귀엽지만

역시 그 중 제일은!

단연코 '여름'이라 하겠다.

이 부분이 정말
세상 최고
귀엽다!

호박바지 입으면
핏이 너무 귀여워!

너무 더운 날 집에서는 기저귀만 입힐때가 많다.

가끔 배를 내놓고 잠이 들곤 하는데,

그 모습이 귀여워서 한참을 보게된다.

힝..
저 뽈록한 배,
저 귀여운 배꼽

점심 먹고 바로 잠들면 유난히 더 뽈―록 하다.

그래도 배는 덮고 자야지.
울 애기 배앓이할라.

간식시간에 수박을
세 번이나 리필해 먹은 율이

냠냠

...여름이구나.

묵직~

따끈~

기저귀

조금 요상한 포인트에서 여름을 느낀 엄마였다.

14

심쿵 하는 방법

귀여움으로 심쿵!
할 수 있는
가장 쉬운 방법!
지금 알려드릴게요.

〈1단계〉 율이가 떡뻥 봉지를 들면
[주세요] 라고 말합니다.

주세요~

*떡뻥 : 떡꾹 떡을 뻥 튀겨서 만든 아기 쌀과자

〈2단계〉 봉투를 열어 떡뻥을
꺼낼 수 있게 도와줍니다.

자-

〈3단계〉 율이가 먹는 사이에
재빨리 한 개 더 꺼냅니다.

냠냠

〈4단계〉 꺼낸 떡뻥을 입에 물고

〈5단계〉 슬그머니 다가가면,

심쿵! 거리두기 뽀뽀 완성~!

참 쉽죠~?

오! 나도할래!
나도 나도!

낱말카드 놀이

방귀대장

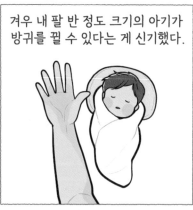

2살이 된 지금은 제법 어른같이
힘찬 소리의 방귀를 뀌는데,

이유식을 먹기 시작한 후론
그 냄새 또한 대단했다.

어느 날 저녁,
자기 전에 책을 읽어주다가

심상치 않은 향기를 맡았다.

움찔

이건 100% 응가다.
자기 전에 응가라니!
일어나기 귀찮아!

율이 응가 했어~?
엄마가 기저귀
갈아 줄게용?

?!!

으잉?

✧ 기저귀 깨끗 ✧

오늘도 성장하는 율이

걸어가며 방귀뀌기를 터득했습니다.

난임

　　우리 부부는 결혼 후 2년 정도 신혼을 보낸 후, 상의 끝에 아이를 가지기로 결심했다. 그때만 해도 아이를 갖기로 결심하면 금방 생길거라고 생각했다. 남편과 함께 적극적으로 산부인과 검진 받고, 엽산을 챙겨 먹고, 배란일을 계산하며 노력지만 이게 웬걸 야속하게도 임신 테스트기는 오로지 한 줄만 보여줄 뿐이었다. 준비 기간이 점점 길어질수록 마치 임신이라도 한 것처럼 수많은 증상이 나타나 매번 나를 속이는 날도 많아졌다.

　　'임신이 원래 이렇게 어려운 거였나...?'

할 수 있는 검사는 모두 해보았지만 우리 부부에게는 의학적으로 임신을 방해하는 문제가 없다는 소견만 남았을 뿐이었다. 확실한 문제가 있다면 그 부분을 고치면 될 일이겠지만 원인을 알 수 없다는 것이 우리를 더욱더 답답하게 만들었다. 그렇게 2년이 지나 화이팅을 외치던 우리가 서로에게 미안하단 말을 더 많이 하게 될 때쯤, 다니던 산부인과에서는 난임 병원을 추천하셨다.

[난임 병원]이라니. 이름부터가 진입 장벽이 너무 높지 않은가.

막연히 알고 있던 시험관(체외수정)시술을 내가 하게 되는 걸까? 이렇게까지 해서 아이를 낳고 싶은 걸까? 라는 원론적인 고민부터 다시 시작이었다. 그동안 수많은 한 줄을 보며 어느 정도 '포기'라는 녀석이 가까이 와 있는 상태였고, 임신을 열심히 준비하던 때보다 나이도 두 살 더 먹어버렸다. 그래서 우리의 2세에 대해 정말 오랜 시간 대화를 나누었고, 우선 본격 진료를 받기 전에 병원에서 하는 '난임 교실' 수업을 들어 보기로 했다. 강의는 두 시간이 약간 넘었고 기본적인 의학 지식부터 현실적인 이야기와 여러 사례와 내가 하게 될지 모를 시술에 대한 설명을 들을 수 있었다. 나는 노트에 필기를 하며 아주 열혈적인 학생처럼 강의를 들었던 기억이 난다. 그날 강의 중 들었던 이야기 중 가장 많은 위로와 용기가 되어준 말은 [난임은 병이 아니다]라는 이야기었다. 그렇게 '이번이 정말 마지막이다, 이번에도 안 되면 포기하자'라는 생각으로 2019년 6월 14일. 난생처음으로 [난임병원] 이라는 곳에서 진료를 받기 시작했다.

내가 느낀 난임 병원의 첫인상은 [아주 조용하다] / [생각보다 난임 부부가 정말 아주 아주 많다] 였다. 그런데 아이러니하게도 그렇게 많은 사람들이 모여있고, 사람이 많은 만큼 진료 전 대기시간도 아주 길었지만 그동안 다녀 본 그 어느 병원보다 매우 조용했다. 가끔 첫째 출산 후 둘째 임신을 위해 다시 난임병원을 찾은 부부가 아이를 데려오는 경우가 있는데 그럼 그 아이를 향한 따스하고도 부러운 시선이 조용히 오갈 뿐이었다. 그리고 나도 그중 한 명이었다.

이후 여러 차례 병원을 오가며 주사를 맞고, 약을 복용하고, 난자를 채취하고 수정시켜 다시 이식하는 과정을 거쳐 기적적으로 나에게 첫 아기집이 생겼다. 임신 확인을 받고 첫 심장 소리를 듣게 되었던 날은 아직도 생생히 기억난다. 내가 느끼는 감정은 단순히 행복을 넘어선 것이었다. 담당 선생님은 축하 인사와 함께 초음파 사진을 건네주셨고, 당시엔 뭐라고 적혀있는지도 잘 모르겠는 이 작고 검은 종이조각이 어떤 큰 고비를 통과한 후 비로소 얻게 된 합격증명서처럼 느껴졌다. 하지만 만화에 그린 것처럼 사진을 숨기고 병실을 나서며 기쁨을 삼킬 수밖에 없었던 것은, 이곳이 같은 고민을 안고 있는 수많은 예비 엄마 아빠들과 함께하는 공간이기 때문이었다.

[난임 시술] 과정 중 가장 힘들었던 건 무엇이었을까? 시험관을 준비하며 계속해서 병원을 오갔던 것, 짧은 진료 시간을 위해 오래 대기해야 했던 것, 수많은 알약을 시간 맞춰 먹고, 과배란을 유도하는 주사를 시간에 맞춰 배에 맞아야 했던 것, 수술대 위에 누워 난자를 채취하고 다시 이식했던 과정들, 난자 채취 부작용으로 인해 배에 차오른 복수를 빼기 위해 매일 이온 음료를 2리터씩 마셨어야 했던 것 등 어느 하나 쉽지 않은 과정이었다. 하지만 역시 나를 가장 힘들게 했던 건 병원에서 할 수 있는 모든 시술이 다 끝난 후, 임신 여부를 확인하는 피검사 날짜까지 2주의 시간을 기다리는 일이었다.

그 2주는 정말 무겁고 아주 느리게 흘러갔다. 더 이상 내가 할 수 있는 것이 아무것도 없는 채로 그저 시간을 흘려보내는 것이 이토록 힘들 줄이야. 5년간 계속 한 줄만 보여주던 임신 테스트기가 처음으로 두 줄을 보여 준 날. 결과가 나올 때까지 테스트기를 뒤집어 놓고 남편과 손을 꼭 붙잡고 있었다. 5분 후 선명한 두 줄을 보고도 "와, 이게 신싸 두 줄이 나오기도 하는구나"라는 말이 가장 먼저 나왔다.

나는 최종 이식 전 수정된 배아의 모습, 유리의 세포 시절이라고 부를 수 있는 그 사진을 여전히 가지고 있다.

2장

마법사가 되는 방법

아기의 작은 손톱과 발톱을
깎아주는 일은 겁이나면서도 재미있다.

율이와 나는 같은 날 손톱을 깎아서
내 손톱이 자라있으면

여지없이 율이의 손톱도 자라있다.

오늘도 역시

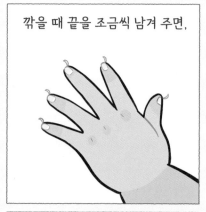

깎을 때 끝을 조금씩 남겨 주면,

하나씩 떼어서
휴지 위에 가지런히 놓는다.

집중!

이건 나의 어린시절 좋은 기억이라
율이에게도 똑같이 해주고 있다.

할머니의 사랑이 나를 통해서
율이에게 전해진다.

단정하고
예쁘네~

손톱 발톱

율이가 신생아였을 땐,

손톱이 너무 작고 종이처럼 얇아서

아기용 손톱 가위로 잘라줄 때 엄청나게 긴장했어요.

그런데 어느덧 커서 손톱깎이로

또깍또깍 잘라줄 수 있다니 신기합니다.

그런데 그거 아세요?

겨울에 열심히 귤을 가지고 놀고 나면

그 작은 손톱 끝이 노랗게 변하는데

그것마저도 참 귀엽습니다.

귀 뒤로 잘 넘겨주고,

아기 로션을 손바닥에 덜어

얼굴 찌부러뜨리기!

19

한참을 곤히 자다가

비몽사몽 잠에서 깬 듯하더니,

놈놈

짭짭

다음 날, 낮잠 자던 율이

이번에도 잠에서 깬 듯하더니

율이는 사촌 언니 오빠에게
귀여움을 잔뜩 받았고,

없-따!

율이야~

아가들이 아가를 귀여워하는 귀여운 상황

어른들은 간이 수영장을 설치했다.

여름 여행에
물놀이가 빠지면
섭섭하지!

ㅋㅋㅋㅋ

얘들아, 진정해
이제 물 받기 시작했어

어푸!

어푸!

마음이 급한 언니 오빠

율이도 덩달아 신이나서

참방 참방

김장 대야에서 놀았다.

으이그~♥

넓은 수영장은 아직 무섭대요~

전용 수영장에서 놀고, 먹고

행복하지 않을 이유가
하나도 없는 율이

평상위에서 낮잠 타임

열무 넣고
밥 비비자!

오~ 좋지!

즐거운 여름휴가였다.

다음날

아기 마법사 탄생!

마법사가 되는 방법

마법사가 되는 방법 = 엄마 마법사와 함께 산다.

요 작은 사람과 노는 건 왜 이리 재미있을까요?

엄마의 하찮은 몸짓에도

별빛 같은 눈을 반짝이며

깜짝 놀라주는 율이 덕에

내가 마치 대단한 사람이 된 기분마저 느끼게 된답니다.

하루종일 '엄마'를 부른다.

내가 뭐라고 이렇게
좋아해주는지,

허허-

힘들지만 고마운 요즘.

너도 엄마 좋아?

꽥!

율이는 주방에서 통 목욕을 한다.

쏴아아

그 귀여움을 보는 것은 참 즐겁지만,

아아
너무 작고
소중해!

크흑~♥

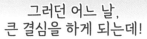

함께 첫 목욕을 했던 날의 일기

D+440

율이가 이제 욕조 안에서 혼자서도 잘 놀 수 있게 돼서

이번 주부터 같이 목욕을 하기 시작했는데

이게 뭐라고 삶의 질이 확 상승되는 기분이다.

이제 내가 씻고 싶을 때 (심지어 제법 여유도 부리며)

씻을 수 있다.

소율이 손에 칫솔을 쥐여주고

앞에서 양치를 했더니 따라 하는 척한다.

세수를 했더니 따라서 같이 세수했다.

마지막에 같이 비누칠하고 맨살 비비며

꼭 껴안고 따뜻한 물을 함께 맞을 때는 정말 행복했다.

다 씻고 나와서 바스락 깨끗한 새 옷으로 갈아입고

율이는 보리차를 나는 시원한 디카페인 라떼를

함께 벌컥벌컥 마시고 동시에 캬, 소리도 냈다.

화장대에서 함께 젖은 머리칼을 말리고

향긋한 비누 냄새가 퐁퐁 피어오르면 목욕 끝.

아이를 키우는 재미 중 하나는
명절에 한복을 입히는 것!

백일때 입었던 첫 한복과 비교하면,

얼굴이 너무 작아서
조바위가 흘러내림

혼자서 앉지 못할 때라
의자에 앉혀서 사진촬영

이제는 제법 작은 아씨 같은 율이

한복 입었으니까
머리 땋아줄게~

입은 것만으로도 예쁨을 받는다.

아이고~
예뻐라!

뿌듯!

율이 왔어~!

아가가
한복을 입었네!

친정집에 갔다가 이런 모양의
장난감을 발견했는데,

율이가 자꾸 핸드폰을 찾는다.

율아
이건 장난감
아니야~

갑자기 등을 반쯤 휙 돌려 앉았다!

세상에!
삐질 줄도
알아?

완전 등 돌려버림

요 한 뼘짜리 시무룩한 등짝을
달래는 방법은?

나의 육아 로망 중 하나는,
딸과 손잡고 다정히 산책하는 것.

막 걷기 시작한 율이에게 산책이란,

두둥!

매우 큰 도전이었다.

바닥이 평평한 쇼핑몰에서는
곧잘 걸었지만,

타일 모양이 바뀌면 우뚝 멈춰 섰다.

율이가 좋아하는 스티커 놀이

색색의 스티커를 떼어 붙이는 건
재미도 있고 소근육 발달에도 좋다.

그렇게 하루 종일
스케치북 한 권 가득 붙이고,

벽에도 붙이고

엄마 몸에도 붙이면,

율이 재미있어?

네

율이가 지나간 자리에는
사랑이 남는다.

꼼지락
꼼지락

휴, 겨우
잠들었네.
장난감 정리 좀
해야겠다.

너덜
너덜

또 잔뜩
어질러졌구만.

어?

율이가 지나간 자리에는
사랑이 남는다.

장난감 눈 속에 전부
하트 스티커를 붙여 놓았다.

아하하

요즘 율이가 가장 좋아하는 놀이는,

까르륵~

'없다~' 놀이

업따!

어어? 율이가
어디갔지?

쏙~

엄마 다리에 앉아 놀다가도,

엄마 후드 끈
잡아당기며 노는 중

?

포옥~

업 – 따!

인형 눈 가리기

엄마 손으로 엄마 얼굴 가리기

사라지는 율이.

업따~

ㅋㅋㅋㅋ
어째 점점
성의가
없어지는데?

냅다 바닥에 엎드리기

뭐가 없는건지 잘 모르겠으나,

ㅋㅋㅋ

귀여우니까 그냥 없는 걸로

율이를 재울 때 가장 어려운 점은,

자장
자장
우리아가 -

웃음을 참는 일

갑자기 일어나
가지고 놀던 빈 병 불기

필사적으로 자는척 중

푸푸-

참아야 한다..!!
참아야 해!!

그렇게 몇 번을 당하고서
엄마는 굳은 결심을 하게 되는데,

그렇게 몇 번을 더
뒤집어 쓰고 잠들었답니다.
(못살아 정말∼)

아포

그럼 쓰담쓰담 타임~!

요기가 아팠어요오~

이 느낌이 참 좋았던 율이는,

호~

탕!

생일 파티 무한반복에 지칠때쯤,

율이가 후~ 불면
노래를 불러줘야 함.

비장의 아이템을 꺼낸다!

아하하하!!
이 장난꾸러기야~!!

깔깔깔

엄마 심쿵!

본인도 웃긴지
엄청 웃는다.

갑자기 피로가 싹 사라졌던 순간 ♥

찍어 먹어요

임신 후에도 체외 수정으로 인한 부작용으로 배에 복수가
찬 채로 몇 주를 보냈다. 몇 주가 지나 복수가 조금씩 빠지고
이제 좀 살만해졌다는 생각이 들자 기다렸다는 듯 입덧이 찾
아왔다. 답답하고 울렁이는 기분은 하루 종일 고속버스를 타
고 있는 것 같았고 당연히 그런 기분으로 음식을 소화하기는
너무 어려웠다. 의사 선생님은 입덧이 강하다는 건 그만큼 아
이가 건강하다는 뜻이라며 위로 해주셨고, 엄마가 잘 먹어야
아이도 건강하니 먹을 수 있는 음식을 찾아서 조금씩이라도
먹어야 한다고 하셨다. 그래서 내가 겨우 찾은 음식은 물냉면
이었다. 먹을 수 있는 양은 많지는 않았지만 새콤하고 시원한
육수의 물냉면을 먹는 동안에는 잠시동안 입덧을 잠재울 수

있었다. 덕분에 이 시기에는 퇴근한 남편과 함께 냉면을 먹으러 가는 냉면 데이트를 많이 했다.

사실 직접적으로 태동을 느끼기 시작하는 20주 전까지는 지금 내가 임신 중이라는 인지만 하고 있을 뿐, 내 뱃속에 정말 아이가 있는지는 전혀 느껴지지가 않아서 태담(배 속의 아이에게 말을 걸어주는 것)을 해도 허공에 이야기하는 것 같았고, 그저 하루하루 입덧이 빨리 사라져 주기만을 바랄 뿐이었다. 임신이란 것이 참으로 대단한 게, 두통이 있어도, 속이 좋지 않아도, 배탈이 나도, 어지러워도, 진료 중에 선생님께 증상을 말씀드리면 결국 돌아오는 대답은 "임신 중에도 그럴 수 있어요."라는 것. 게다가 안정기까지는 무조건 조심해야 한다는 이야기는 너무나도 많이 들었기 때문에, 시간이 흘러 안정기에 들어서고, 나를 괴롭히던 입덧도 좀 잦아들고 컨디션도 임신 전처럼 돌아와 몸이 가벼운 기분이 들었을 때 정말 뛸 듯이 기뻤다. 그래서 그날은 오랜만에 친구들을 만나고, 맛있는 음식도 먹고, 가고 싶던 전시회도 다녀오고, 미뤄뒀던 집 안 청소도 좀 하면서 보낸 날이었다. 정말 체력적으로 절대 무리라고 생각하지 않았지만 그래, 임신 중에 방심은 금물이라 했던가. 바로 다음 날 저녁 부정 출혈이 일어났다.

화장실에서 출혈을 확인하는 순간 심장도 함께 쿵 하고 바닥으로 떨어졌다. 이건 보여서는 안 될 것 같은데 왜 내 눈에 보이는 걸까. 밤이 가까워진 저녁 시간이었지만 야근 중인 남편이 귀가하려면 아직 멀었고, 일단 병원에 가야 한다는 생각에 배를 부여잡고 급하게 택시를 잡아 올라타 인근 병원 응급실로 가 달라고 말했다. 병원까지는 차로 5분이 채 걸리지 않는 거리였지만 그사이에 수많은 생각들이 나를 스쳐 지나갔다. 출산까지 엄마 몸에 꾹꾹 잘 붙어 있어 달라는 뜻으로 태명마저도 〈꾹꾹이〉라고 지었던 우리 아이가 만약 잘못된다면 내가 감당할 수 있을까. 뭐가 그리 신났다고 안정기가 되자마자 길게 외출을 했을까. 그 모든 것이 내 탓인 것만 같다는 생각에 자책하며 끝없는 바닥으로 가라앉고 있을 때 라디오에서 노래 한 곡이 흘러나왔다. 가수 이한철 님의 '슈퍼스타'라는 곡이었다.

〈괜찮아, 잘될 거야. 너에겐 눈부신 미래가 있어. 괜찮아 잘 될 거야〉

우연의 일치였지만 바로 그 순간에 그 노래가 흘러나와 준 것이 정말 어찌나 고맙던지.

노래를 들으며 정신을 부여잡고 연신 배를 쓰다듬으며 마음속으로 '꾹꾹아 엄마 옆에 꼭 붙어있어 줘.'라는 생각을 하며 병원에 내려 응급실 진료 접수를 했다. "임신 17주인데 지금 하혈을 했어요."라는 말을 입 밖으로 털어놓자 다시금 눈물이 다시 왈칵 흘러나왔다.

의료진은 17주인 경우 태아가 밖으로 나와도 살 수 없다는 절대적 사실을 나에게 계속해서 인지 시켜주었고, 출혈의 정도가 심했기 때문에 바로 입원 조치 되었다. 입원 중에는 화장실을 다녀오는 시간, 식사 시간을 제외하고는 계속 침대에 꼼짝없이 누워 있었고 며칠 뒤 다행히 출혈이 잡혀 태아에 큰 문제가 없다는 사실을 확인하고 난 후에야 그리운 나의 집으로 돌아올 수 있었다. 퇴원 후에도 출혈이 생긴다면 언제든지 병원으로 바로 와야 한다는 진단을 받았고, 전치태반에 절박 유산을 겪은 고위험 산모로 분류되어 그로부터 출산까지 누워있는 생활을 계속해야 했다. 덕분에 계획 중이었던 태교 여행도, 약속되어 있던 모든 만남과 외출도 전부 취소했지만 그게 뭐 대수인가. 꾹꾹이가 우리 곁을 떠나지 않았다는 사실이 얼마나 다행이고 고마운지 모른다.

이 시기에 우리 부부는 정말로 마음고생이 많았다.

그리고 절실히 알게 되었다.

아이를 갖는 것도 힘든 일이지만, 임신기간 동안 무사히 지키고 출산까지 해내는 건 정말 더 힘든 일이라는 것을. 여러 가지 이유로 유산하는 부부들이 생각보다 아주 많다는 것을.

먼저 두 아이를 키우고 있는 큰언니가 나에게 이런 말을 해 주었다.

"원래 이런저런 맘고생을 해야 엄마가 되나보다."

3장

너의 모든 순간

생일 파티를 참 좋아하는 율이

집에서 같이 동화책을 보다가

나는요―
신나게 춤을
출 수 있어요

생일 파티 장면이 나오자,

갑자기 책을 후후 불더니,

후~

박수를 쳤다.

아항항항 ~!
귀여워 ♥

짝짝짝 ~!!

목욕 후 로션 바르는 걸
좋아하는 율이

발라요~
발라요~

문질 문질

같이 동화책을 보다가

약국에 왔어요~
어디가
아파서 왔나요?

약병이 많이 보이는 장면이 나오자,

약병을 손으로 꾹꾹 누르더니,

얼굴에 발랐다.

아하하
약병이 로션같아
보였구나

문질 문질

세상 무엇보다 사랑하는 아이도

예쁘지 않고,

그저 시간이 흐르기만을 바라며

꾸역꾸역 흘려보내는 하루.

그래도 어떻게든 움직이다보면,

결국 기다리고 기다리던

그런 날이 있다

날씨 탓인지 쉽게 지치는 날엔

꾸역꾸역한 하루를 보내기도 합니다.

그래도 나를 움직일 수밖에 없도록 만드는

우리집 꼬마 사람 덕에 움직이고 또 움직이다 보면

어느새 하루가 지나가 있더라구요.

다소 불량한 육아를 한 하루였더라도 자책하지 말고,

그냥 오늘은 그래도 괜찮다고, 충분히 잘하고 있다고

스스로를 토닥이며 하루를 마무리하면

신기하게 다음날에 조금 힘이 납니다.

오늘도 고생 많았어요.

당신은 잘하고 있어요.

아침에 눈을 떴더니
율이가 나를 보며 웃고 있었다.

잘 자고 일어나 기분이 좋은 율이

이런 날은,

조금만 반응해줘도 웃음보가 터진다.

그렇게 조금 더 같이 누워있다가

행복 가득한 기분으로 시작하는 하루

손 잡꼬

이런날도 있다.

오늘은 또
뭐하고 놀까?

손 발이 따끈따끈해지면,

잠이 온다는 뜻

잠들기 직전에는 정수리까지 뜨끈해진다.

양팔을 펴고 나비잠을 잔다면,

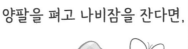

아주 꿀잠을 자고 있다는 뜻

미간에 힘을 주고
입술을 삐쭉 내밀고 있다면,

아주 집중하고 있다는 뜻

한참 신나게 뛰어 놀다가

잠시 멈춘다면,

. . .

말하지 않아도 알 수 있는
너의 귀여운 신호 💕

이건 엄마가
사랑한다는
신호야

꼬옥

아빠의 선물

내가 주문한 적 없는 택배가 오면,

오잉?
이게 뭐지?

율이 아빠가 구매한 장난감이다.

율이 꺼다!

이게 모지?

이번에 온건 '싹뚝 놀이'

장난감 칼로 각종 과일, 야채를 반으로 자르는 놀잇감

자르는 법을 가르쳐줬더니,

싹뚝~

잘하네~

떙겅!

신세계를 맛보았다...!

그렇게 하루종일 과일과 야채를
반으로 쪼개며 재미있게 노는 율이.

새벽 4시, 싹뚝 자르기 공장 재가동!

재밌니..

싹뚝 싹뚝

그 이후로 율이가 가끔 근처를
서성이는 모습이 보였는데,

엄마!

이거!

응? 매트
꺼내줄까?

장난감 저장하는 아기 다람쥐

40

딸에게 보내는 연하장

소매를 여러번 접어줬던 옷들이

어느새 딱 맞거나 작아지고,

요 내복도 이제
딱 맞네?

엉금 엉금 기어다니던 네가

두 발로 걷고 뛰는 모습을 보며,

다 컸다고 말 하곤 했어.

이제 제법
한 자리 차지하면서
잔다니까~?

누워 있으면
유독 더 커 보여

너도 우리의 세상이야.

앞으로도 최선을 다 해볼게.

오늘도 사랑해.

다이어트!

갤러리 속 가득한 율이의 사진과

봐도 봐도 질리지 않는 영상들.

장난감이 이렇게
맛있게 생기기 있냐구요..

이건 소소하고 확실한 귀여움.

하지만 더 큰 충전이 필요할땐,

오늘은 영
안 풀리는구먼..

엄마 충전!!

번쩍!

엄마
나왔다!

이제 다시 작업하러 가야겠다.

툭

엄마

오늘은 한 편으로 만들기는 조금 애매한 두 살 율이의 귀여움 조각들을 모아봤어요. 함께 보아요~!

깔깔~

[율이가 잘 추는 춤 3종세트]

1. 손 빙글빙글 돌리기
속도가 제법 빠르다.

2. 팔 흔들기
약수터 체조 느낌

3. 앉았다 일어서기
아기 스쿼트

[물을 손으로 잡아서 담는 율이]
아직 고체와 액체의 개념이 없다.

[강아지를 처음 만난 날]

[율이의 개인기]
하이파이브 대신 얼굴 파이브!

[각 종 그릇들 머리에 쓰기]

씻어 놓은 김치통

쌀 씻는 스텐볼

간식 담아준 접시

옷은 입고 싶지 않지만
양말은 신고 싶고,

이구!
(이거)

전부 다른 모양 양말을
한짝씩 찾아 온다.
엄마 양말도 신으려 한다.

바지 입고 있지만,
하나 더 입고 싶은 율이

아장
아장

[태어나서 처음 눈을 밟은 날]
어색하게 걷던 율이

하루종일 사고를 쳐도
모든걸 용서하게 만드는 동그란 볼

오늘도
잘 자♥

늘은 밤, 겨우 잠들었다.

...라고 생각했으나

익숙하지 않은 잠자리에
자꾸만 깨는 율이

결국 교대로 안아주며
새벽이 되어서야 재우기 성공했다.

소곤
이제는 진짜
안 깰것 같지?

소곤 응. 그런데
기저귀는 한 번
갈아줘야 할 것
같은데..

소곤
갈다가
또 깨면...

소곤
그래도
해봐야지 뭐..

최대한 조심 조심
새 기저귀를 입혀주는 순간,

평소 습관대로 엉덩이를 번쩍!

먹여주는 사람이 바뀐다.

내가 잘 받아먹으면

엄청나게 좋아하는 율이

꼭꼭 씹어
먹어요~

뭘까, 이 감정은...

엄마 마이찌?

율이가 주니까 정말 맛있다~

찌잉~

사랑받는 기분.

꼬아악~

꺄아-

그동안 먹은 식은 밥들을
전부 보상받는 것만 같다.

율이가 최고야
율이는 멋져
율이는 귀여워

율이는
우주 최강
베이비야!

장난감이 많아도

알록달록 장난감이 많아도

가장 재미있는 건,

과일 완충재 뜯기

기저귀 꺼내기

각 티슈 뽑기

쌀 뿌리기

20대 때 여행지에서 산 열쇠고리

꼼지락

꼼지락

버릴까 하다 추억 때문에
가지고 있던 건데,

너한텐
온 세상이
장난감이구나

율이가 아프다.

평소보다 더 딱 달라붙는 율이.

꼬옥~

엄마가
안아줘.

이럴 때 나는 늘 같은 생각을 한다.

키 크고
똑똑하고
말 빠르고
일찍 걷고

그런 거
다 필요 없어.
건강이 최고야.

소아청소년과 대기 중

여칠 밤 계속되는 간호가 너무 힘들 땐,
아씨를 모시는 보모상궁이 된 모습을
상상하면 조금 재미있다.

꿀팁

호 해드릴까요~
아씨~

열이
내리고 있어
다행이어요~

호오-

율이가 제자리로 회복하고나면,

흐윽

밥 먹어줘서 고마워요.. 아씨..

뇸

내 차례가 온다.

몸이 왜 이러지...

후들~ 후들~

나 아프구나...

긴장이 한번에 풀리며 온몸이 증상을 자각함

율아~ 엄마 아파~

히잉 훌쩍

작은 사람의 다정한 위로에
금방 괜찮아졌습니다 ♥

낮잠 자고 일어나면 윤기 나는 얼굴,
땀으로 살짝 촉촉해진 머리카락

잘 잤어?
어휴 땀 난 것 봐,
군고구마 줄까?

헤엥-

잘 자고 기분이 좋으면 베시시 웃는다.

오물오물 먹고
쫑알쫑알 말하는 귀여운 입

고구마
마이찌?

냠냠

엄마
모 조아해?

엄마
머거봐

흥미로운 때 반짝반짝 빛을 내는 눈

흥-

그 눈에 그렁그렁 눈물이 맺힐 때

빨대 컵으로 물 마실 때
동그랗게 부푸는 볼

꿀꺽
꿀꺽

내 몸에 얼굴을 푹 묻고 잠들거나,

숨 안 막히니?

← 배 속에 있을 때
태반으로 얼굴을 가리고 있었는데,
태어나서도 이불이나 엄마 몸에
얼굴을 묻고 잠드는 걸 좋아한다.

목욕 후 수건을 드레스처럼 입고
아장아장 걸어 다닐 때

세안용 수건이 드레스가 되는 마법!

큰 소리로 노래 부르며 율동하다가

따라 하라며 보내는 강렬한 눈빛

항상 최선을 다하는 윙크와,

꼬물꼬물 움직이는 발가락

내가 사랑하는 너의 순간들

한 인간이 성장하는 모습을
바로 옆에서 지켜볼 수 있는 것.

검지와 중지 사이에 쏙 들어오던 작은 발은
걷기 시작하여 단단해졌고,
내 손가락을 겨우 잡던 작은 손은
이제 무엇이든 잡을 수 있다.

어제는 못 했던 걸 오늘은 해내는 율이

그 모습을 지켜보는 건 감동을 넘어서

엄청난 동기부여가 된다.

이런 순간들을 그리고 기록하며

나도 함께 자란 일 년.

너는 얼마나 더 성장할까?

또 어떤 재미있는 일들이 생길까?

에잇, 어떻게든 되겠지!
엄마 아빠랑
놀이터 갈까?

좋아요~!

너무너무 기대돼!

슈웅~

한번더!

에세이 5

행복한 것만 적는 일기장

육아 일상툰을 연재하는 동안 '어쩜 그렇게 동화 속 이야기처럼 아이의 예쁜 모습만 보면서 육아할 수 있나요?'라는 질문을 많이 받았다. 그럼 나는 1초도 쉬지 않고, 진심을 가득 눌러 담아 늘 이렇게 답한다.

〈율이는 오늘도〉는 힘들고 고된 24시간 육아 생활 중 행복했던 30분을 열심히 모으고 모아서 그리는 "행복한 것만 적는 일기장" 같은 작품이라고.

그래서 굳이 장르를 나누자면 이건 일상툰이 아닌 판타지에 가깝다고.

사실 세상에 행복하기만 한 육아가 어디 있을까.

고백하자면 나에게는 〈율이는 오늘도〉를 그리기 전에 수기로 적던 육아 일기장이 있었다. 세월이 지나 그 일기를 지금 다시 꺼내 보았더니 놀랍도록 다이내믹한 기복에 웃음이 났다. 지금부터 나의 육아일기 변천사를 소개해 보자. 초반의 내용은 한참이나 유행이었던 MBTI로 따지면 그야말로 "하루하루 감동 가득한 F의 일기장" 그 자체였다. 찰나의 순간 방긋 웃어주는 미소가 얼마나 예뻤는지, 잠자는 모습은 얼마나 천사 같은지, 힘차게 젖을 빠는 그 입은 얼마나 귀여운지, 작은 손을 쥐었다 피는 것이 어찌나 신비로운지, 이 작은 생명체가 먹고 자고 숨 쉬고 움직이는 것 자체로 얼마나 경이로운지, 하루하루 성장하는 모습을 어찌나 대견한지 매일 찍고 기록하면서도 아쉬웠다는 내용이 적혀있었다.

그 감동의 일기장은 시간이 지날수록 점점 오늘은 몇 시에 무얼 먹였는지 적는 기록하는 "J의 식단 일기장"이 되었다가 나중에는 하루의 힘듦을 푸념하는 글들과 온갖 우울한 단어들이 적히는 곳이 되었다. 처음 육아일기를 적기 시작했을 땐 "훗날 나의 아이에게 보여 줘야지" 라는 따스한 마음이었지만, 나의 육아일기는 결국 아이에게 절대 보여줘서는 안 될 [볼드모트의 일기] 혹은 [판도라의 상자]가 되어 버렸고, 어느새 나는 퇴근 후 집으로 귀가한 남편이 아이와 함께 놀고 있는 행복한 모습을 바라보면서도 "당신은 참 좋겠다. 그렇게 마냥 귀여워만 할 수 있어서."라고 내뱉는 시니컬한 사람으로 변해 있었다.

아이를 사랑하는 마음은 오히려 더 커졌는데도, 사랑스러웠던 나의 육아 일기가 어쩌다 이렇게 변모해 버린 걸까. 어째서 걸어서 5분 거리에 벚꽃이 흐드러진 산책로가 있는 데도 가벼운 마음으로 봄날의 산책을 나가 볼 용기를 못 냈을까. 왜 별것도 아닌 것들에 계속 눈물이 났을까. 이유가 어찌되었든 현재의 상황을 피하고 싶지는 않았고 어떻게든 타개할 방법을 찾고 싶었다. 조금은 억지스럽더라도 해피 앤딩인 작품들을 사랑했던 나. 감성 가득했던 내가 감정이 메마른 시니컬한 사람이 되어버린 것도 싫었다. 이대로 나를 더 잃어버리기 전에 다시 찾아오고 싶었고 그 발버둥의 과정에서 탄생한 것이 〈오로지 행복한 것만 기록하는 육아 만화〉였다.

기록에는 시간이 지나면 힘이 생긴다는 걸 안다. 지나버린 시간을 다시 떠올려 기록하는 것이 전혀 불가능한 건 아니지만, 당시에 행복했던 아주 소소한 기억들은 그때 바로 기록해 두지 않으면 금방 휘발되어 버리기 마련이다. 게다가 출산 후의 나는 외출할 때 음식물 쓰레기 봉투를 가지고 나가는 일이나, 세탁이 완료된 세탁물을 이따가 널어야겠다, 생각해 놓고 다음 날 발견하는 정도의 기억력을 가지고 있었으므로, 육아 중 행복한 순간을 나중에 기록한다는 건 불가능한 일이었다.

그래서 할 수 있는 최선을 다해 지금의 행복 모아서 적고 그리기를 반복했다.

그리고 오랜 시간이 지난 지금은, 이 작품을 그리길 정말 잘했다고 생각한다. 타임머신이 있다면 〈율이는 오늘도〉 첫 화를 그리는 나에게 돌아가서 머리를 쓰다듬어 주며 "너는 지금 너무 잘하고 있고, 덕분에 미래의 내가 너무 행복하다"고 말해주고 싶다. 그리고 "지금 출간 준비를 하고 있는데, 이 책에 가장 큰 관심을 가지고 기다려주고 있는 사람이 바로 현재 5세(만 4세)가 된 율이다"라고 알려주고 싶다.

몇 달 전 율이가 파주에 있는 출판단지에서 책 만들기 체험을 하고서는 책이 어떻게 만들어지는지 알게 되었는데, 나중에 지금 엄마가 하는 작업이 책을 만들기 위한 작업이고, 이 책에는 율이가 나온다고 알려줬더니 그 이후로 틈틈이 "엄마 책은 언제 다 만들어지는 거냐?" 묻기도 하고, 그림 속 아기 율이를 보고는 "이건 나잖아? 나 아기 때는 어땠어??" 라고 궁금해했다. 덕분에 자연스레 율이와 함께 추억을 꺼내 이야기를 나눌 수 있었고, 율이는 엄청나게 흥미 있는 얼굴로 눈을 반짝이며 이야기를 듣는다. 보너스로 끊임없는 질문도 함께. 이 책이 완성된다면 함께 보며 얼마나 더 많은 이야기를 나누게 될까.

행복한 육아일기를 그려준 과거의 나에게 감사를 보낸다.

율이는 오늘도

ⓒ 어게인유리 2024년

초판 1쇄 발행 • 2024년 6월 20일

지은이 • 어게인유리

마케팅 • 강진석

디자인 • 유서희

펴낸곳 • 히웃

제작처 • 책과 6펜스

출판등록 • 2020년 4월 28일 제 2020-000109호

전자우편 • heeeutbooks@naver.com

ISBN • 979-11-92559-84-1(03810)